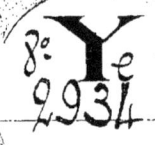

ÉPIGRAMMES

INSTRUCTIVES ET RÉCRÉATIVES

MADRIGAUX

Exurge... cithara.
Allons ! ma lyre, réveille-toi.
PSAUME 56.

M. L'Abbé de LA TRÉMOLIÈRES

ANCIEN PRÉDICATEUR, ETC.

TOULOUSE

IMPRIMERIE J. DELORT

1, RUE FOURBASTARD, 1

1891

ÉPIGRAMMES

INSTRUCTIVES ET RÉCRÉATIVES

———

MADRIGAUX

———

M. L'Abbé de LA TRÉMOLIÈRES

ANCIEN PRÉDICATEUR, ETC.

TOULOUSE

IMPRIMERIE J. DELORT

1, RUE FOURBASTARD, 1

—

1891

ÉPIGRAMMES

INSTRUCTIVES ET RÉCRÉATIVES

1. — *Intelligence et bon sens.*

Dans mainte et belle intelligence,
Flair, tact, bon sens et jugement
Brillent, hélas ! trop fréquemment
Par leur absence.

2. — *Assommant!*

Il est un type d'homme
Dont l'abord me fait peur.....
Je le fuis, il m'assomme :
C'est l'éternel *parleur*.

3. — *Bêtise solennelle.*

Je sais un être pire
Encore que le *parleur;*
Dans le monde il inspire
Une invincible horreur :
On l'appelle *Poseur*.....

Et que gagne-t-il à sa pose?.....
En vérité, bien peu de chose :
Rien que d'exposer
Sa sottise
Et solenniser
La bêtise.

4. — *Piteux!*

Sous sa vaniteuse enflure,
Sans dignité ni mesure,
Rien de plat
Comme un *fat*.....

5. — *Pas tant de suffisance*.....

Avant de faire ta roue,
Oiseau sottement altier,
Cache bien d'abord et noue
Tes pattes et ton gosier.

6. — *Tuile.*

Comme on se fait illusion !
Voyez-vous ce pimpant garçon ?.....
Bien trop fat pour se taire,
Il parle et prétend plaire.....
Telle n'est pas l'opinion :
On croit l'entendre..... braire,

7. — *Quelle scie!*.....

Vilain farceur
Que le *flatteur!*
Ah! quelle scie.....
Monsieur s'ennuie.....
Alors s'étirant,
Se dandinant,
Tout en caquetant
Comme une pie,
Il va partout,
Inspecte, épie,
Épluche tout.
Il vous enlace,
Il vous tracasse,
Agace.....

Belle affaire! Eh! qu'importe à lui?
Monsieur promène son ennui.....

8. — *Tempête dans un verre d'eau.*

Quel vrai fléau que le grondeur!.....
Quoi que l'on dise et que l'on fasse,
Toujours, partout, avec fureur,
Il vous morigène et vous menace :
A tout moment c'est le tableau,
Dans sa famille désolée,
D'une tempête en verre d'eau,
Salée.....

9. — *Triste homme !*

Viens-je à rencontrer l'*Égoïste,*
Mon cœur se serre et s'attriste.
O type affreux !
Être odieux !.....
J'aime l'indulgence, et j'en use ;
Le faible tombe, et je l'excuse ;
Mais quant à celui
Qui ne voit que *lui ;*
Mais quant à l'*Égoïste,*
Ma pitié lui résiste.....
Veux-je l'absoudre, celui-là,
Vite mon cœur dit : Halte-là !.....

10. — *Bons compères !*

L'Égoïste et l'Orgueilleux
Ont d'étroits rapports entre eux,
Se montrent à qui mieux mieux,
Journellement à nos yeux,
Vils accapareurs tous deux.

11. — *Qualité et défaut.*

Le cœur grand, noble, droit,
Est *sensible ;*
L'esprit mesquin, étroit,
Susceptible.

12. — *Mais que peut-on toujours conter?* ....

Combien de gens
Perdent le temps !.....
Ils en abusent
En discourant
A chaque instant ;
Puis ils l'accusent
De les trahir
Et de s'enfuir.....

Pas d'artifice,
O bonnes gens !
Envers le temps
Plus de justice !

Voulez-vous un moyen sûr de le retenir ?
Votre langue, oh ! d'abord, sachez mieux contenir.

13. — *Fais ce que tu fais.*

Plus rien n'est fait à point, plus rien n'est à sa place,
De l'antique sagesse on a perdu la trace :
Au *fais ce que tu fais,* répond honteusement
            L'à peu près, l'approchant.
Tout n'est plus qu'ébauché, tout n'est plus qu'arbitraire.
On n'a d'autre souci que de se satisfaire ;

Et, par le temps qui court, où trouver le chrétien?...
Au-dessous du païen.

14. — *Comme au temps de Diogène.*

Que l'homme s'amoindrit, qu'il devient pâle et terne !
Vu son état moral, — pour parler sans détour, —
Où donc en découvrir un *vrai,* même en plein jour,
Même en *éclairant* bien la fameuse lanterne?.....

15. — *Ce que c'est pourtant que l'homme!*

Chez beaucoup, la vertu manque de consistance :
Frêle apparence,
Elle s'évanouit à très brève échéance ;
Pour un homme qui gagne à mieux être connu,
Un bon mille a besoin de rester inconnu.

16. — *Le vrai mérite est rare.*

Oh! que cet homme est bien!.....
De la sagesse en rien
On dit qu'il ne s'écarte.
Bravo..... mais observez,
Hélas ! et vous trouvez.....
Le dessous de sa carte.

17. — *Humilité à la mode.*

Quand s'abaisse l'Orgueilleux
Afin qu'on l'élève aux cieux,
Si, trompant sa politique,
On le prend au sérieux,
Sur un ton très emphatique,
Changeant bientôt de tactique,
Vous l'entendrez sûrement
S'exalter impudemment.

18. — *Modestie pour rire.*

Que de gens se font prier,
Qui grillent de se montrer!

19. — *Attrapés tous deux.*

— Vous vous rendrez, madame, à notre ardent désir,
Et de jouer le soir nous ferez le plaisir.
— Eh! pourquoi, cher monsieur, insister de la sorte?
Ne vous l'ai-je point dit?... je ne suis pas très forte.
    — Ah! vraiment!.....
    — Impertinent!.....
    — Qui?..... moi?..... comment?.....

20. — *Perle rare disparue.*

Ce qui nous fait le plus d'honneur
N'est chez nous plus guère de mise :
C'est la vertu du noble cœur,
C'est l'honnête et belle franchise.

21. — *Jadis et maintenant.*

Autrefois,
Lors des Carthaginois
Et de la foi punique,
Non, c'était non; oui, c'était oui :
Aujourd'hui,
C'est commune pratique
De n'affirmer
Que pour nier.

22. — *Gasconnade.*

Le Gascon, jadis, n'était pas Français ;
Manque de parole
Ou jactance folle,
Le Français devient Gascon, désormais.....
Voire Marseillais.

23. — *Étude de mœurs.*

On vous invite, et vous vous excusez ;
On vous supplie, alors vous faiblissez.
Mais les pantins ! quand vous allez vous rendre,
Ils font semblant de ne plus vous comprendre.....

Sans bourse délier,
Bonne est la politesse ;
Faut-il s'exécuter ?
Ah ! bonsoir..... on vous laisse.

24. — *Encore.*

Si quelqu'un vous dit : « Ma bourse est à toi, »
Traduisez souvent : « N'attends rien de moi. »

Idem.

Il t'offre son argent : compte sur sa parole.....
Tant que tu n'auras pas besoin de son obole.

25. — *Toujours la même fumisterie.*

Ami sincère,
Constant,
Pour l'ordinaire
S'entend
Ami jusqu'à..... l'argent.

26. — *Malice précoce.*

Que devient l'ingénuité,
La naïve simplicité?.....
De nos jours, au détriment
De l'aimable innocence,
On la cherche vainement.....
Même auprès de l'enfance.

27. — *Bébés.*

O progrès merveilleux! aujourd'hui, plus d'enfants?
Jusqu'aux moindres bébés posent et font les grands.

28. — *A qui se fier aujourd'hui?*.....

Le Monde est tissu de serpents,
Dans son sein sifflent les vipères;
Qu'ils se font rares les vrais frères!
Entre amis, que de charlatans!.....
Avec eux vous n'échappez guères
Au noir venin des médisants.

29. — *Pharisiens.*

La robe de l'Eglise éclate de blancheur;
L'habit trompeur du Monde est de terne couleur.

Une piqûre, un rien, une tache légère,
Fane, flétrit, macule et noircit la première;
Tandis que, sur le Monde et son habit foncé,
A peine s'aperçoit un encrier versé.....
Et maintenant, Mondains, qui criez au scandale,
Où trouver à la vôtre une impudence égale?.....

30. — Comédie!

Un homme franc, sérieux,
Fruit rare, don précieux
Des cieux!.....
Comédie est le monde!
La farce y surabonde
Immonde.....

31. — Singerie.

Afféterie
Et fausseté,
Tartuferie,
Duplicité,
Singerie!
Grimaçante pasquinade,
Écœurante mascarade :
Telle est, hélas!
A chaque pas,
L'histoire nauséabonde
Du Monde!.....

32. — *Marionnettes.*

Pourquoi perdre à des riens un temps si précieux?
Assez de sornettes,
Poses et courbettes,
Gens légers, vains et creux!
Un peu moins de grimaces et plus de sérieux.

33. — *Girouette.*

Qu'il est à plaindre le Mondain,
Sans croyance en Dieu, sans frein!.....
O pauvre girouette,
Flottant,
Dansant,
Faisant la pirouette,
Se démenant
En pivotant!
Chantant,
Criant,
Grinçant,
Grondant,
Battant;
Toujours tournant
En clapotant;
Toujours s'ouvrant
Et se fermant
A tout vent!...

34. — *Saint et..... Singe.*

Auprès du vrai chrétien
Toujours, digne, grand, noble et saint,
Ah! quel singe que le Mondain!

35. — *Qu'en pensez-vous ?*

Avec sa courte vue et sa bassesse altière,
Le Monde n'est pour moi... que taupe ou taupinière.

36. — *Deux fois vide.*

Quiconque ne voit
Que la bagatelle,
N'a pas plus de foi
Qu'il n'a de cervelle.

37. — *Dieu... ou rien.*

Hors de Dieu, tout bien, tout bonheur,
N'est pour nous rien qu'appât trompeur :
Tantôt pierre philosophale,
Tantôt supplice de Tantale.....

38. — *A sec.*

A la grâce toujours rebelle,
Le cœur des Mondains, sec, creux, défoncé,
Des Danaïdes me rappelle
Le tonneau percé.

39. — *Bien trop vrai.*

A quoi s'occupe le Mondain
Tout le cours de son existence?.....
A s'écarter du droit chemin
Qui conduit à la récompense.

40. — *Choisissez!*

Le chrétien souffre torture,
Mais Dieu va le couronner ;
De bien plus grands maux endure
Le Mondain pour se damner.....

41. — *O serment du baptême!*

A Satan, tous vous renonçâtes,
Au Christ seul vous vous consacrâtes :
Or, le démon, vous l'adorez ;
Et Jésus....., vous le lui livrez !

42. — *Comédiens de la pire espèce.*

A la fois servant Dieu, le Monde et le démon,
Que de chrétiens bâtards, pacotille et carton !...

43. — *Au panier.*

Tout pour le futile !
Ainsi pensez-vous, folles gens :
A lui votre cœur, votre temps ;
Au panier l'utile.

44. — *Mourir.*

Vous qui ne songez qu'au plaisir,
Aux délirantes fêtes,
Quand songerez-vous à mourir,
Imprudents que vous êtes !

45. — *Haut les cœurs !*

Quand les gens de plaisir
Ne pensent qu'à jouir,
Combien d'hommes d'affaires,
Prétendus sérieux,
Manquent leurs fins dernières
Comme eux !...

46. — *Métal funeste.*

« *Auri sacra fames!* » s'écriait un païen :
« *Maudite soif de l'or !* » Il voyait juste et bien.
Toi donc surtout, chrétien !
De qui court après la richesse,
Y perdant son âme et Dieu qu'il délaisse,
Plains la misère et la détresse !

47. — *Triste..... triste..... Où allons-nous?.....*

De l'or, des honneurs, du plaisir !
D'un siècle frivole
C'est le cri, l'incessant désir,
Là, sa triple idole ;
Là, son cœur, son bien :
Dieu pour lui... n'est rien...

48. — *Dans la fange.....*

Monde, tes plus chères délices,
C'est de te gorger..... d'immondices !

49. — *Ah! serpent !*

Avec une nouvelle pomme,
L'esprit infernal,
Voulant encor perdre Ève et l'homme,
Inventa le bal.....

50. — *Chut!*

Du joli papillon
Qui dans le Monde brille,
Savez-vous le vrai nom ?

. . . .

Chenille !.....

51. — *Expiation.*

Qui cède à sa passion,
Court risque, en punition,
D'y laisser sa raison.....

52. — *Encore l'expiation.*

L'infortuné que le vice a séduit,
Usé bientôt, est tristement conduit
De chez l'apothicaire,
Hélas ! au cimetière.....

53. — *Toujours l'expiation.*

Quel feu, Mondains, purifiera
Vos impurs ballets d'opéra !.....

54. — *Pensez-y bien.*

Aux enfers
Quels concerts
Vous attendent, heureux du Monde!.....
Au fond de leur cloaque immonde
Quel drame est joué!..... quels acteurs
Exécutent..... les spectateurs!....

55. — *Vent et fumée.....*

Madame, tour à tour,
Caquette, lit Dumas, s'évente et se parfume;
Monsieur, à son journal, se désennuie et fume
Longuement tout le jour.....
Belle vie!
Bien remplie!.....

56. — *La Mondaine.*

Le sentiment religieux
A la femme est si nécessaire,
Que quand le Monde le fait taire,
Tout en elle sonne creux.

57. — *Joli rôle.*

Se parer,
S'admirer,
De son prochain médire,
Le critiquer, en rire :
C'est là constamment
D'une Mondaine,
Jalouse et vaine,
Le rôle charmant.....

58. — *Écœurant!*

La Mondaine use ses années
Et passe ses tristes journées
A quoi vraiment?..... A se vêtir
Et dévêtir!.....

59. — *Gare!.....*

Quel piteux usage
Vous faites du temps !
Ah! quel gaspillage
De tous vos instants !....
Au grand jour des comptes,
Aux débats divins,
Frivoles Mondains,
Gare à des mécomptes!.....

60. — *Tragédie*.....

Après la comédie
D'une mondaine vie
La scène dernière et l'adieu,
Du sombre jugement de Dieu
Suit la tragédie.....

61. — *Folie suprême.*

O folie
Que la vie
Du Mondain !
Comme un fil dans la main
Du redoutable Maître,
Elle peut cesser d'être
Dès demain.....
Quand si frêle est ton existence,
Pourquoi, mortel, tant d'assurance ?.....
Fou qui rêves vanité
Au seuil de l'éternité !.....

62. — *Tyran adoré.*

Il est au monde un tyran
Qui torture atrocement;
Mais l'affreux monstre, quand même,
On l'aime.....

Oh! l'étrange affection !.....
Votre idole peu commode,
Mesdames, elle a pour nom
La Mode.

63. — *Vous gâtez tout.....*

Jeune fille, voyons, moins de frivolité :
Vous perdez, gâtez tout par votre vanité ;
Modeste dans votre parure,
Vous gagnerez, je vous l'assure,
En grâces, en beauté.

64. — *Ne vous enflez pas.*

En l'élevant par trop, on peut fausser le ton :
Ainsi s'expose-t-on
En cherchant à sortir de sa condition.

65. — *A votre place!*

Voulez-vous savoir comment
L'on distingue assez souvent
La dame de la servante?
Celle-là plus simplement;
Bien qu'avec plus d'agrément,
Est mise que sa servante.

66. — *Drôle.....*

Dans les manières, dans l'esprit,
Le genre, la forme d'habit,
La femme se fait homme, et l'homme devient femme.
Au physique, au moral,
Quel couple original!
Ah! triste comédie, et du corps et de l'âme!.....

67. — *Deux perles fines.*

Voyez ce jeune époux à l'air efféminé,
Qui va, se pavanant dans sa personne vaine;
Sa femme, fruit du jour, à l'air déterminé,
A son bras se démène.....
Façon de capitaine.....

68. — *Quels temps..... quelles mœurs!*

Reines filaient jadis sur le trône de France :
Femme et fille, en nos jours de folle extravagance,
Chaussent effrontément la botte ou les patins,
Fument, courent la ville et les cercles mondains ;
Livrant, avec leur cœur, leur aiguille à la rouille,
Et contre la cravache échangeant la quenouille.

69. — *Juste mesure.*

Chacun excède à sa façon :
Si rare est la discrétion !.....
Où gît l'homme de sens, où se cache le sage ?
Juste mesure en vérité,
Convenance et sagacité,
De peu d'esprits sont le partage.
— Pour eux, me direz-vous, c'est vraiment grand bonheur !
— En butte à l'humaine inconstance,
Si continue est leur souffrance,
Que je vous répondrai : Pour eux, c'est grand malheur.

70. — *Barbe-Bleue et mannequin.*

Pourquoi dans si nombreux ménages
Voit-on des époux si peu sages ?.....

Trop souvent,
C'est navrant!.....
Entre un mari croque-mitaine,
Au bon public objet de haine,
Et le mari
Dont on se rit,
Qui, laissant tomber en quenouille
Le bâton de commandement,
Dans sa maison reste bredouille,
N'est-il pas un tempérament?.....

71. — *De tribord à bâbord.*

De rencontrer il n'est nullement rare
Un fils prodigue après un père avare.

72. — *D'Héli à Hérode.*

Non rares encore les parents
Idolâtres de leurs enfants,
Qui les laissent tout dire et faire;
Non rares d'autres, au contraire,
Qui, comptant les bien élever,
Ne font que les brutaliser :
Par ce double excès, ils les pervertissent,
Ces pauvres enfants, ou les abrutissent.....

73. — Boutade.

Il serait à croire peut-être
Que tant d'esprits de travers,
Tant de têtes à l'envers,
Aux antipodes ont dû naître.....

74. — Coup de patte.

Quand on voit, qu'on entend certain original,
Bien vite l'on se croit au temps du carnaval.

75. — Ah ! les nerfs...

Ne vous étonnez pas si tout va de travers :
Madame a ses vapeurs, ou Madame a ses nerfs.....

76. — Oh! quels pleurs!....

— L'ami paraît ému... d'où lui viennent ses pleurs ?
— Vois-en jaillir la source... eu sa cave à liqueurs...

77. — Enfants dégénérés.

De nos aïeux,
Féaux et preux,

Qu'est devenu chez nous l'ardent patriotisme?.....
Un honteux égoïsme......

78. — *Un peu plus de sens pratique, Mesdames.*

A quoi songez-vous donc, prétentieuse mère?
Votre fille apprend tout, hormis le nécessaire.....
    Avec telle éducation,
    Quand arrive le mariage,
    A l'époux revient la leçon,
    Et de cuisine et de ménage.....

79. — *Mais pas de faiblesse.....*

    Beaucoup de tendresse
    Pour vos chers enfants,
    Mais pas de faiblesse :
    C'est mortel, — parents.....
N'accusez que vous seule, ô pauvre mère !
Si votre fils vous rend la vie amère.....
On vous disait sans cesse : « Il faut le corriger ! »
Et vous ne saviez, vous, qu'encor plus le gâter.....

80. — *Mères, aimez en Dieu.*

      En aimant
      Votre enfant,
    Vous ne songez guère,
    Peu chrétienne mère,

A l'aimer pour l'éternité.....
Je vous le dis, en vérité :
O mère, vous aimez beaucoup trop pour vous-même,
Trop peu pour Dieu, son âme et son bonheur suprême;
A son corps, plus qu'il faut, vous vous intéressez;
Dans ses traits, ses façons, vous vous reconnaissez;
Bref, en lui vous vous aimez.....
Tendresse humaine,
Trompeuse et vaine;
Amour faux, vide et creux,
Qui vous rend malheureux
Tous deux.....

81. — *O mère aveugle et coupable!*

L'enfant qu'une mère a gâté,
S'il n'est sévèrement maté,
Grandit et, chaque année accroissant son caprice,
Avec sa malice,
Il se fait des siens le tyran,
Après lui tous les entraînant
Au fond bientôt du précipice.....

82. — *Par la main de votre fils...*

En vain prétendez-vous, parents,
Être honorés de vos enfants,
Si vous ne respectez vous-mêmes
De Dieu sur vous les droits suprêmes :

Un jour ou l'autre, hélas ! on vous verra punis
Par la main de vos fils.....

83. — *Renversant !*

De la terre et des cieux, de l'univers des êtres,
Dieu, puissant créateur
Et souverain Seigneur,
Est le plus mal servi pourtant de tous les maîtres.

84. — *Monstrueux.*

L'être favorisé du ciel par excellence,
L'homme ingrat seul à Dieu refuse obéissance :
En remerciement, il l'offense !.....

85. — *Au-dessous de la bête.....*

Reconnaissant, le chien
A son maître est fidèle.....
Honte à l'ingrat rebelle !
Honte au mauvais chrétien !

86. — *Misérable*.

Malheureux et méprisable.
Le Sans-Dieu..... quel misérable!.....

87. — *Où est l'esclavage?*

O vous qui refusez d'obéir au Seigneur!
Ayant, prétendez-vous, de toute servitude
Horreur,
Vous n'êtes de Satan que l'humble serviteur,
Vous traînant après lui de honte en platitude.....
O gloire! ô béatitude!.....

88. — *Roulé !*

Vous n'avez pas la foi, vous dédaignez de croire ;
Mais, tout en vous gaussant des gens religieux,
Vous n'êtes, esprit fort, qu'un superstitieux.
Que de bourdes, grand Dieu, Satan vous fait accroire !
Ah! pauvres orgueilleux!.....

89. — *Ni francs, ni forts*.

Que de crânes esprits, singeant les incrédules,
Sont trouvés, tous les jours, bien sottement crédules...

90. — *Ah! nos forts!*

Le plus fier souvent
Est le plus rampant :
Tel se dit indépendant,
Qu'on voit prosterné devant.....
Le soleil levant.

91. — *Aurais-je tort?*

Libre-penseur, esprit fort,
Dis-moi donc : aurais-je tort?.....
Lorsque ta grande pensée
Est censée
Planer bien haut dans les airs,
M'est soupçon que l'insensée
Y manœuvre de travers.

92. — *Bonne femme.*

Celui que vous traitez, en raillant, de bonne âme,
Vous qui vous prétendez si fin,
Il est peut-être plus malin
Que vous-même... Tenez, la pauvre bonne femme
Qui ne sait que Jésus,
Elle en sait cent fois plus
Que tous vos beaux esprits, dont la creuse science
Croule devant son humble et solide croyance.

CENTENAIRE DU SACRÉ-CŒUR

« Le fameux centenaire de 1889, qui était en même temps le
« centenaire du Sacré-Cœur (apparition en 1689), amena
« à Montmartre de très nombreux visiteurs de la grande
« Exposition. »

Lamentez-vous, fils de Voltaire :
Votre triomphal centenaire
Que vous prônez, si pleins d'ardeur,
Sert d'étendard au Sacré-Cœur !.....

Vous avez beau faire.....

Esprits forts, vous avez beau faire.....
Jésus-Christ seul est la lumière ;
 Vous ne voulez point de lui,
 Eh bien ! errez dans la nuit !.....

De Profundis.

Le Christ est la boussole, il nous marque le nord :
Quiconque ne le suit sombrera loin du port.
 Ah! sur combien de victimes,
 Tous les jours,
 Se referment les abîmes,
 Pour toujours !.....

3

Ballon crevé.

Qui n'est guidé par Dieu se perd dans les nuages,...
A moins qu'il ne barbote au fond des marécages.....

Au fossé tous deux.

Ambo in foveam cadunt
(Évangile.)

Qui ne sait jamais marcher droit lui-même,
De conduire autrui peut-il être à même ?
Deux aveugles ne font tous deux que s'égarer,
Ensemble trébucher,
Et la main dans la main, à la fosse tomber.....

A reculons!

Du Christ, notre Sauveur, si la religion
Nous tira de la barbarie,
A grand train de nouveau, notre irréligion
En reculant nous y charrie.

Coup de balai.

Oh ! quelle abominable engeance
Grouille en ton sein, ma pauvre France!!
Que d'arlequins,
De cabotins !
Allons, polichinelles,
Pantins !
Décrochez vos ficelles.....
Allez-vous-en, tas de sauteurs;
Disparaissez, damnés jongleurs,
Escamoteurs !.....

D'Eiffel à Babel.

(Composé à l'occasion de l'Exposition de 1889, et en pleine confusion législative)

Charmante, votre politique!.....
Sincèrement
Mon compliment!.....
Qu'elle est sensée et magnifique,
Lorsqu'en son cours vertigineux,
De fabrique en fabrique,
De boutique en boutique,
Prétendant combler tous nos vœux,
Elle nous porte,
Et nous transporte,
De la tour Eiffel
A la tour de Babel!.....

Concorde politique.

Quand je rencontre un chien guerroyant contre un chat,
La Chambre m'apparaît..... aboyant le Sénat.

O progrès moral!

Partout les gens tarés
Sont déconsidérés.
Sous notre bonne République
On les voit décorés,
Fiers administrateurs de la chose publique,
. . . .
. . . .
Près du tombeau de la pudeur,
Attachons un crêpe à l'honneur.

Est-ce décent?

L'école, l'hôpital au Christ partout fermés ;
A la caserne aussi les prêtres renfermés,
Volés, mis hors la loi contre toute justice ;
Les couvents crochetés,
Par le fisc exploités,
Pour comble d'artifice,
L'honnête homme chrétien,
Délaissé, hors soutien,
Cassé de son service :

Pour un gouvernement,
Est-ce, dites, vraiment
Décent?.....

Sus aux victimes !

Le gendarme, autrefois, courait sus aux voleurs;
Maintenant, — c'est cynique ! —
Sur l'homme chrétien sévissent ses rigueurs.....
En pleine République;
Tandis que de ses droits les lâches oppresseurs
Ont du pouvoir toujours l'oreille et les faveurs :
Respect au malfaiteur, haro sur sa victime !.....
Ainsi le veut chez nous la nouvelle maxime.

Vivent la liberté et l'égalité !

A la congrégation
Retirer l'instruction,
Que c'est juste et sage !.....
Aux religieux le chômage ;
Aux laïques..... leur héritage !

Judaïco-Maçonnique.

En religion l'Etat,
Gagé sous la République
Judaïco-maçonnique,
Ne sait être qu'apostat,
Tyran, ravisseur cynique.....

Pauvre France!

Juif, protestant,
Mahométan
Et schismatique,
Observent le jour du Seigneur;
Peine publique
Atteint et frappe l'infracteur.
Mais dans la France catholique
Tout se passe bien autrement.....
On autorise, — chose inique! —
La faute officiellement :
L'Etat le premier prévarique
Publiquement.....

Gare aux Juifs!

Dieu vengea d'Israël les profanations
En livrant autrefois son peuple aux Nations.
Et comment des Chrétiens punit-il l'inconstance?...
En les livrant aux juifs... gardés pour sa vengeance.

Maçon, franc-maçon et juif.

Le maçon bâtit,
Parfois démolit;
Le franc-maçon bouleverse,
Mine, ravage, renverse,
En tout lieu détruit,
Jamais ne construit.....

La franc-maçonnerie
Avec la juiverie,
Quel fléau !
Au maçon le juif pour compère,
Quelle paire ?.....
Du bien, du bon, du vrai, du beau,
Tous deux démolisseurs, l'un et l'autre bourreau...

Sans foi ni cœur.

Dieu qui, certes ! a droit à la meilleure part,
Est servi comme on sait, le moins bien, le plus tard ;
Et, subit-il encore un complément d'outrage,
C'est le jour même à lui réservé sans partage :
Des faux plaisirs l'abus complet,
N'est-ce pas, en effet,
Au dimanche que l'on remet ?.....

Païens !

Au Tout-Puissant se préférer,
A ses droits se substituer,
Le supplanter ;
C'est porter l'orgueil, l'égoïsme,
Au paroxysme.....
Du cynisme.
Et c'est là votre fait, viveurs ou vaniteux,
Maîtres peu scrupuleux,
Qu'on ne sert qu'aux dépens du grand Maître des cieux.

Au voleur !

Si c'est voler que de se faire
Du bien d'autrui propriétaire,
Qu'est donc du saint jour du Seigneur
Le coupable violateur?.....
Un voleur !

(Pensée du saint curé d'Ars.)

Punis.

La perte d'une maison,
Comme d'une nation,
C'est du jour de la prière,
De son repos salutaire
La profanation.

On est puni par où l'on pèche.

(Livre de la Sagesse, 20-17.)

Sur l'homme toujours Dieu l'emporte
Et le punit comme il comporte.
Au grand Maître aujourd'hui tu cesses d'obéir :
La nature, à son tour, ne veut plus te servir.
Pourquoi te plaindre alors de tes maux, de tes peines,
Quand tu brises ton sceptre et tu forges tes chaînes?...

C'est bien notre faute.

Des saisons le renversement,
Qui fait sentir cruellement
Ses désastreuses conséquences,
C'est de nos désobéissances
     Le plus souvent
     Le châtiment.

Retour au dimanche.

Au repos du dimanche il faut bien revenir :
C'est le salut pour tous, l'espoir de l'avenir.....
Comprends-le, toi surtout, pauvre ouvrier mon frère :
     Du dimanche la douce loi,
     Loin de compromettre ton droit,
C'est de l'or, au contraire, avec du miel pour toi.....

L'Evangile.

     Liberté,
     Fraternité,
     Égalité,
Sont des mots creux sans l'Évangile.
     Si de Jésus
     On ne veut plus,
Le proclamer, c'est inutile.

Patrons et Ouvriers.

Écoute, peuple, nation,
La plus salutaire leçon :
— Qui peut régler la question
De l'ouvrier et du patron?.....
— Oh ! rien que la Religion :
Aucune autre solution
Que l'Évangile en action.....

Pour Dieu! Pour la Patrie!

Eh ! voulez-vous, de bonne foi,
Trouver le salut dans la loi?.....
Mettez bien le Christ à sa base;
Et que, sans faiblir, elle rase
Tout ce que le Maître défend.
Alors enfin, pas autrement,
S'épanouira d'espérance
Le cœur de notre pauvre France.....

Drapeau libérateur.

Pour notre beau pays de France,
Le signe de la délivrance,
Nous promettant gloire et bonheur,
        Prospérité, puissance :
C'est l'image du bon Sauveur.....
C'est le drapeau du Sacré-Cœur !

La Paix.

Partout de plus en plus l'Europe est alarmée ;
Toujours sur le *qui-vive*, elle est toujours armée
Jusqu'aux dents.....
Triste temps!
Cessez, peuples rivaux, d'organiser la guerre ;
Pourquoi vous consumer...., même avant de la faire?.....
Du Dieu de paix, le Pape est le représentant :
Prenez-le pour arbitre, et votre différend
Deviendra vite arrangement.

Leçon d'histoire.

Aucun spoliateur du Pape
Au châtiment de Dieu n'échappe.....

Forfaiture.

Étendre sur l'Église une main lâche, impure,
La conspuer,
La spolier :
N'est-ce pas, pour des fils, dépasser la mesure
De la forfaiture?.....

Apostasie..... (Encore de l'histoire).

De la foi le vieux monde éteint-il le flambeau,
Ses clartés et ses feux s'allument au nouveau,
    A toute contrée infidèle
    La foi ne laissant après elle
    ..... Qu'un tombeau!

Malheur à qui s'oppose au Créateur!

        Væ qui contradicit fictori.
           (Isaïe.)

    Du monde Dieu, seul créateur,
    Est lui seul souverain Seigneur.
    De tout être, ainsi que l'Auteur,
    C'est aussi le conservateur
    Et le jaloux Propagateur.
    A son pervers contradicteur,
    Homicide profanateur;
    A l'homme, au peuple destructeur
    De son chef-d'œuvre d'honneur,
        Ah! malheur!

Pauvre enfant!

    Oh! pitié pour l'enfant,
    Innocente victime
    Du progrès vers l'abîme.....
    A l'école, il apprend

La morale civique
Avec la gymnastique:
Son corps n'en est pas mieux portant,
Et son âme on la rend
Anémique! . . . . .
Enseignement sans Dieu,
D'en finir il importe :
C'est bien assez, adieu . . . . .
A la *porte!*

A l'assassin!

Lui prenant son Dieu, vous perdez l'enfant . . . . .
Vous blessez à mort son cœur innocent
Sous le dard du serpent . . . . .

Surmenage.

De leçons sur leçons au lieu de le bourrer,
Laissez donc à l'enfant le temps de digérer :
Qui porte trop s'embarrasse,
Mal *retient* qui trop embrasse.

O Sépulcre blanchi!

Le monde séducteur se blanchit, s'enfarine,
Jeunesse, à tes dépens ;
Il farde son visage et plâtre sa doctrine
Pour te mettre dedans . . . . .

Attention donc!

Tel le volcan
Vomit sa lave ;
Tel le méchant
Répand sa lave
Dans le roman maudit, dans l'égout collecteur
Du journal des *Sans-Dieu,* sans frein et sans pudeur...
Holà ! jeunesse.....
Gare à la presse !.....

Caméléons, Sirènes.

Le grand menteur et charlatan
Qui s'appelle Voltaire,
Une vérité cependant
Professa sur la terre :
« Mentez, amis, dit-il, mentez fort tous les jours :
« Quelque chose, à coup sûr, en restera toujours. »
Or, nulle autre maxime au monde,
Onques n'obtint telle faveur :
Après la presse impie, immonde,
S'en repaissent avec ardeur
Moult écrivains faux et musqués,
Qui, doucereux, proprets, masqués,
Exploitent maints troupeaux dociles
Bourrés de dupes..... d'imbéciles.

Pygmée.

Voyez donc ce pygmée
S'attaquer au géant :
Plaisant !
L'homme, cette fumée,
S'attaque au Créateur :
Horreur !

Vilain roquet.

Pour le roquet,
Aboyer l'homme,
Quel toupet !
Mais en somme,
Ce léger coup de gueule est un bien faible affront
Auprès de cet affreux, cet horrible blasphème,
Que l'impie a le front
De lancer à Dieu même.....
Vilain roquet,
Ah ! quel forfait !.....

Pauvre sot.

S'insurger contre l'Éternel
N'est pas simplement criminel.....
Quoi de plus sot pour un mortel ?

Pot de terre.

Misérable argile,
A quoi songes-tu ?.....
Toi, mortel fragile,
Sans poids, ni vertu,
Poussière.....
T'en prendre au Dieu fort, braver son tonnerre !....
Il t'écrasera...... pauvre pot de terre !

On ne se moque pas de Dieu.

(Deus non irridetur.)

Impunément de Dieu nul ne peut se moquer :
Au bras du Tout-Puissant, car comment échapper ?...
Ton crime, pervers, ta folie,
Tu dois les expier,
Sinon pendant..... après la vie.....

Honneur et conscience.

Je crois, certes, à l'honneur,
Ainsi qu'à la conscience ;
Mais, sous la loi du Seigneur,
Bien timide est leur défense.....

Seule garantie vraie.

De la Religion
La très noble action
Et la salutaire influence,
A l'honneur, à la conscience,
Sont un si précieux appui,
Qu'on ne peut vraiment rien sans lui.

Pas confiance!.....

Qui ne reconnaît Dieu n'a pas ma confiance,
Car se fier à lui n'est pas du tout prudence :
Je ne confierais au mauvais chrétien
Absolument rien.....
Pas même mon chien !

Homme de paille.

Quoi de plus sot, plus vain,
Que le respect humain ?.....
Quoi de plus déplorable ?.....
Il fait du timide et lâche chrétien
Un traître misérable,
Un homme de paille, impropre à tout bien.....

4

Masque d'honneur.

Par un noble pardon
Vengez-vous d'un outrage ;
C'est là le grand courage,
La vertu, la raison ;
Le duel n'est que crime, honte, aberration.
— Laissez donc enfin la barrière,
Le pistolet et la rapière.
Oh ! l'honneur ne se lave point
Dans le sang.....
— Que fait le duel à l'injure ?
Rien !..... Il étend
Tout simplement
La souillure.
— Il n'est du Dieu de paix non plus le jugement :
Du trompeur, du maudit, du perfide serpent,
C'est du ricanement.....
Ce n'est qu'un acte infâme,
Un impie attentat,
Un lâche assassinat
Et du corps et de l'âme !.....
Sous le poids du mépris, dans la honte et l'horreur !
Tombe, masque sanglant, duel traître à l'honneur !

Respect à l'épée!

Ce qui tache et flétrit la brave et noble épée,
C'est le crime du duel et sa folle équipée.

Pauvre âme!

— De votre âme, ou de votre champ,
    Qui l'emporte?
— Mon âme, bien assurément.....
    — Eh! n'importe
    Votre raison.....
Derrière votre champ cultivé, gras et riche,
    Qu'aperçoit-on?
Votre pauvre âme en friche!.....

Trop tard!

Qui se montre partout et sans cesse en retard,
Gare qu'au Paradis il n'arrive trop tard!.....

Dieu..... ou ruine.....

Lorsque la maison n'a pas Dieu pour base,
Prends garde, imprudent, qu'elle ne t'écrase.....

Intérêt et principal.

A voir Dieu si patient,
L'impie est tenté de dire :
Je n'ai point à craindre l'ire
D'un adversaire si lent.
— Ce qui fait qu'il ne se presse,
Le Dieu vengeur de tout mal,
C'est qu'il paie avec largesse
Intérêt et principal.

Le malheureux !

L'homme, souffle de Dieu dans un corps de poussière,
Durant tout le parcours de son exil sur terre,
Du tombeau détourne les yeux,
Sans les reporter vers les Cieux.
La fin qui le destine
A l'union divine,
Le malheureux !
Il la décline !.....

A rebours !

Que l'homme est insensé !
Son chemin tout tracé
Près de son Créateur au Ciel doit le conduire ;
Mais par un vain mirage, il se laisse séduire,

Et s'avance toujours,
De détours en détours,
A rebours.....

Quantité négligeable.

Du berceau
Au tombeau,
Pour l'homme, il n'est ici de bon, de profitable,
Que ce qui mène au but,
L'heureux port du salut !
Tout le reste est néant, *quantité négligeable.*

Perte irréparable!.....

Tout se précipite
Ici-bas ;
Le temps mène vite
Au trépas.....
Et l'on n'en profite,
Hélas!
Pas.....

Aux bêtes.

Le mérite est toujours modeste,
Le savoir toujours indulgent ;
Un critique dur, insolent,

A censure amère et funeste :
C'est l'ignorant,
C'est le pédant.....
Auteurs, entre leurs mains vous êtes
De vrais martyrs....., livrés aux bêtes.

Médecin, guéris-toi toi-même.

Mais c'est assez, c'est trop éguiser l'*Épigramme*.
Avant de corriger des faibles les travers,
Songe, malin, d'abord à réformer ton âme,
Chez toi, mon pauvre ami, rien n'est-il à l'envers ?...

A travers.

Cent cinquante-cinq Épigrammes,
C'est bel et bien compromettant.....
A travers dards, pointes et lames
Comment passer sans accident !.....

MADRIGAUX

Cantemus domino.....
Chantons, glorifions le Seigneur.
(EXODE 56.)

A Dieu.

Que sommes-nous, grand Dieu, pour chanter vos louanges !
Auprès de vous, Seigneur, tout le reste n'est rien :
Vous voyez à vos pieds les hommes et les Anges ;
L'univers, votre ouvrage, est aussi votre bien.
 Sans bornes est votre puissance,
 Sans bornes est votre beauté ;
 Pour dire votre charité,
 O Dieu d'amour et de clémence !
 Il faudrait votre éternité !.....

Dieu seul.

 O beauté suprême !
 Divine splendeur,
 Vous charmez mon cœur.....
 Vous seul je vous aime,
 Dieu, mon seul bonheur :
 Ah ! rien que vous-même !.....
 Au reste, anathème !.....

A l'homme.

Quand, de ton Créateur, gardant pure l'image,
Mortel, tu te maintiens en tout fidèle et sage,
Que je te trouve beau, que tu me parais grand !
Vrai chef-d'œuvre ici-bas des mains du Tout-Puissant.

A l'enfant Dieu.

Jésus, pour me sauver, plus je te vois petit,
A mon cœur, à ma foi, plus l'amour te grandit :
    Enfant, tu n'es que plus aimable ;
    Dieu caché, que plus adorable !.....

Au Christ.

Divin Crucifié, vos sanglantes blessures
Ont à mes yeux l'éclat des plus riches parures ;
    Sous leur pourpre, en vainqueur
    Vous régnez sur mon cœur.

A notre Dame!

    Ravissante princesse,
    Fille du Roi des rois,
    Ton chaste amour me blesse,
    Me courbe sous tes lois.

— A l'éclat de tes charmes
Car comment résister?
Tes attraits sont des armes
Qu'on ne peut éviter.

Mais, ô Reine de gloire!
Succomber sous tes coups,
N'est-ce pas la victoire
Et le sort le plus doux?.....

A tes pieds, ô Marie!
Je m'engage d'honneur :
Tu seras pour la vie
La Dame de mon cœur!.....

A la Vierge.

Du lis de la vallée
Ton admirable cœur,
O Vierge immaculée!
Efface la blancheur.

Au Pape.

Notre Père de Rome, à notre Père aux Cieux
Vous qui nous unissez d'un nœud si précieux;
Du Sauveur ici-bas, *Vous* l'auguste Vicaire,
Auprès de son Eglise élu son *mandataire,*

Recevez en ces tristes jours
De deuil, d'épreuve et de souffrance,
De vos fils en condoléance,
Et les respects et les amours.

A l'Église.

Sainte Église romaine,
En butte à tant de haine,
Tant de dénigrements,
D'iniques traitements;
Toi, sans cesse attaquée,
Par tout l'enfer traquée :
Je vois luire à ton front,
Radieux sous l'affront,
Dans le péril suprême
La paix du Christ lui-même.
C'est que son puissant bras
Ne t'abandonne pas :
C'est qu'il t'a promis la victoire,
— Noble Épouse du Roi des rois
O Sainte Église, œuvre du bon Sauveur,
Port du salut, de l'éternel bonheur,
A toi ma vie,
Mère chérie,
A toi mon cœur!.....

MONSEIGNEUR AFFRE [1]

(1848)

L'Archevêque de Paris, mortellement blessé à la barricade,
rue Saint-Antoine, est mort dans nos bras.

———————

Dieu d'amour, Dieu sauveur, dont la religion
Inspire toute sainte et sublime action ;
Toi, qui du haut du ciel, enflammes de ton zèle
Celui dont le grand cœur à ta voix est fidèle ;
Qui lui fais tout oser, qui lui fais tout souffrir
Pour sauver de la mort quiconque va périr ;
Qui, de la charité lui donnant les entrailles,
A travers les dangers et le feu des batailles
As conduit intrépide Affre, ton serviteur ;
Affre, ton digne émule, Affre le bon Pasteur :
De ma timide voix daigne, dans ta clémence,
Seconder la faiblesse, ô Dieu de complaisance !
Et qu'il me soit donné de chanter dans mes vers
Cet exemple sublime offert à l'univers !

Quel grand malheur t'accable, ô France, ma patrie?
Pourquoi ces flots de sang? qui t'arrache la vie?
Paris, ton bel éclat, comme il s'est obscurci !
Mais que vois-je ? O douleur! quel spectacle est ceci?...

(1) Voir la Note, page 61.

Tu tournes sur toi-même une main criminelle.....
O fureur insensée et rage trop cruelle !
Les droits de la nature à ce point violés
Et des concitoyens par les leurs immolés !.....
Qui peut ainsi tourner un frère contre un frère ?
Ah ! fol acharnement, querelle meurtrière !.....
Dans le calme et la paix, tendant à être heureux,
Tu voudrais, ô pays, modéré dans tes vœux,
Par de sages décrets tout maintenir dans l'ordre ;
Tout respire, au contraire, anarchie et désordre,
Et le sang français coule, et le fatal couteau,
Par la haine aiguisé, fait un triste monceau
De morts et de mourants ; trop nombreuses victimes
Vont misérablement peupler les noirs abîmes.....

Mais quel est ce mortel au front calme et serein,
A l'aspect vénérable et de noblesse empreint ?.....
C'est de Paris en deuil le prélat héroïque :
Son habit, son maintien, tout en lui me l'indique.
Où se portent ses pas ? Va-t-il dans le saint lieu
Implorer pour les siens la clémence de Dieu ?
Non, c'est trop peu pour lui, trop peu pour sa grande âme :
Tout d'un zèle embrasé le consume, l'enflamme !.....

          Pour sauver mes brebis,
          Garder la vie ne puis.

NOTE

—

Le 29 juin 1848 (c'était le dimanche soir, vers deux heures), l'Archevêque de Paris se rendait auprès du général Cavaignac, chef du Pouvoir exécutif, pour lui demander un *sauf-conduit*, afin de se présenter devant les barricades, obtenir la cessation du feu et apporter aux insurgés des paroles de paix. — Le général, étrangement surpris de la courageuse démarche du Prélat, lui dit : « Monseigneur, le foyer de l'insurrection à l'entrée de la rue Saint-Antoine est extrêmement périlleux ; vous allez à une mort presque certaine ! » L'Archevêque persistant, lui répondit : « *Général, le bon Pasteur donne sa vie pour ses brebis ; je ne puis résister plus longtemps ; mon sang doit se mêler au sang de mes chers enfants ; puisse-t-il être le dernier versé !* » (sic). — Monseigneur, s'écrie Cavaignac en lui baisant les mains : « Vous nous devancez tous dans l'héroïsme d'une mort que votre âme magnanime veut rechercher et accepter *(sic)*. »

Quelques heures après, l'intrépide Archevêque de Paris était en pourparler avec les insurgés, stupéfaits de ce dévouement inouï !

C'est lorsque l'étonnant médiateur apportait des paroles de paix, de conciliation, qu'un scélérat (qui n'était point dans la mêlée), du haut d'une croisée au quatrième étage, tira le coup meurtrier ! (Ce fut un vieux tailleur d'habits.)

L'admirable martyr de son devoir était mortellement atteint à six heures du soir.

Le feu avait cessé : la paix était faite. — Transporté immédiatement par les combattants eux-mêmes, — des deux camps, — au milieu d'une émotion indescriptible, à l'hospice des *Quinze-Vingts*, l'Archevêque, calme et paisible, demande aux chirurgiens qui l'entouraient, si la blessure était mortelle, et, sur leur réponse très affirmative, il demande les derniers sacrements.

La sainte Victime de la paix fut transportée le lundi matin, à onze heures, en son palais épiscopal (île Saint-Louis).

— 62 —

C'est le mardi, à quatre heures de l'après-midi, que Monseigneur Affre, le modèle des Pasteurs, rendit sa belle âme à Dieu. Jusqu'à la dernière minute, et sans agonie, nous entendions ces paroles : « *Le bon Pasteur donne sa vie* « *pour ses brebis; que mon sang soit le dernier versé !* »

L'illustre Pontife voulut faire appeler le chef du Parquet pour supplier la Justice de faire grâce de la peine capitale à son bourreau, s'il était découvert.

A peine l'Archevêque était-il dans son palais, que les insurgés du faubourg Saint-Antoine envoyaient délégations sur délégations, pour protester de leur innocence du crime-sacrilège. « L'assassin n'est pas de notre camp. »

La dépouille mortelle de Monseigneur Affre demeura seize jours exposée dans la chapelle ardente, toujours encombrée de pieux visiteurs.

La sépulture devint un véritable triomphe ! Durant quatre heures, le cercueil vénéré fut porté dans toutes les rues de l'île Notre-Dame. Le général Cavaignac eût voulu que le cortège fût renouvelé le lendemain et parcourut d'autres voies. — Il était suivi de trente-deux évêques.

Il fut convenu, par les autorités respectives, que le corps du saint Archevêque demeurerait quelques jours encore sur le catafalque, pour satisfaire l'universelle vénération des Parisiens, profondément émus de l'incomparable dévouement de leur Archevêque vénéré ! — Durant le parcours funèbre, Nosseigneurs Fayet, Parisis, Graveran, évêques, députés, ne pouvaient suffire aux attouchements sur les pieds du Pontife, de tous les objets que les fidèles leur faisaient passer. — Les gardes nationaux, les officiers, voulaient que leurs épées fussent ainsi comme bénies, consacrées.

Le quarantième jour après la cérémonie de la sépulture, l'abbé Cœur, chanoine de Notre-Dame, prononça l'oraison funèbre. — Étaient assis au banc d'œuvre durant le discours : Cavaignac, Ledru-Rollin, Marrast, etc., qui constituaient le gouvernement provisoire de cette époque. Lorsque l'orateur s'écria : « L'Archevêque de Paris a écrit « durant sa vie de belles pages, sans doute ; mais la page « immortelle, la plus belle, la plus sacrée, la page scellée de « son sang généreux, sera celle de la rue Saint-Antoine, « à Paris !

Honneur ! mille et mille fois gloire et honneur au Pontife « *Martyr du devoir.* »

Les gouvernants d'alors, qui étaient au banc d'œuvre de

Notre-Dame versaient des larmes d'attendrissement ! (Ils n'étaient pas les *hommes très bien* de nos jours !)

Avec les sanglots de l'auditoire immense, c'était un spectacle émouvant ! Les Cavaignac, Ledru-Rollin, Marrast et *tutti quanti* ne savaient dissimuler les pleurs. — L'orateur fut dans l'impossibilité de terminer son discours.....

Bien que le règne du roi Louis-Philippe, qui venait de finir en février, eût trop gâté notre France, pourtant le *sens chrétien*, le *sens patriotique*, n'étaient point éteint — comme il l'est aujourd'hui. — Les sectaires jacobins qui sont au pouvoir, depuis trop longtemps, ces hommes de la *Révolution en bloc* de 93 ; ces immondes mandataires qui siègent au Sénat et au Palais-Bourbon, au lieu *d'attendrissement* sur l'immolation d'une nouvelle hécatombe d'héroïque dévouement comme celle de Monseigneur Affre (si Dieu la demandait), applaudiraient l'assassin. «Arrière, diraient-ils, de tels hommages à l'adresse d'un *chefclérical,* fût-il le sauveur de la France ! »Les Requins de la franc-maçonnerie actuelle, les Crocodiles-Socialistes, les Tigres, les Caïmans de la juiverie *farandoleraient d'ivresse* autour du cercueil d'un Clérical libérateur, d'un Evêque, etc. — Nous connaissons les fauves républicains.

La passagère République de 1848 fut respectueuse, honnête ; la bourgeoisie n'était pas encore pourrie dans la moisissure.....

A Paris, à cette époque, on nous portait sur les bras pour faire bénir les arbres de la Liberté et pour nous conduire dans les ambulances où étaient mourants tant de malheureux !

Sur la place Maubert, nous avons visité l'une de ces ambulances dont nous fûmes chargés (il y avait là trente-deux blessés). Tous voulaient être pansés, enveloppés, avec la charpie que l'Archevêque bénissait en se transportant à la barricade Saint-Antoine. Les femmes, les enfants, se précipitaient à ses pieds.....

Onze mois après le décès triomphal de l'Archevêque de Paris, un père de famille allait mourir dans la rue Saint-Antoine. — Devant témoins, il demanda le procureur de la République, pour dénoncer le monstrueux assassin du Pontife libérateur.

Ainsi que le vénéré défunt l'avait demandé (le vieux tailleur), meurtrier-sacrilège, fut condamné aux travaux forcés !

A LA FRANCE!

A tout sa raison d'être,
Sa fin, sa mission ;
Qui sait la reconnaître
Verra grandir son nom.
O mon auguste France,
Que ton partage est beau !
Terre de la vaillance,
On lit sur ton drapeau :
« Défenseur de l'Église ! »
A ton illustre sort
Sois fidèle et soumise.....
Et, par ton noble effort,
Le grand sceptre du monde,
O pays souverain !
Sur la terre et sur l'onde
Reviendra dans ta main.